109/² 2

Le Bon ange.

THÉATRE PARISIEN.

PIÈCES NOUVELLES.

— ◆ —

LE BON ANGE

OU

CHACUN SES TORTS,

DRAME-VAUDEVILLE EN UN ACTE,

Par MM. Boulé et E. Cormon;

REPRÉSENTÉ POUR LA PREMIÈRE FOIS, A PARIS, SUR LE THÉATRE
DU PANTHÉON, LE 13 SEPTEMBRE 1835.

PRIX : 20 CENTIMES.

PARIS.

BARBA, LIBRAIRE, PALAIS-ROYAL,

GALERIE DE CHARTRES, DERRIÈRE LE THÉATRE FRANÇAIS,
PRÈS DE CHEVET.

BEZOU,	QUOY,
RUE MESLAY, 34.	BOULEVART SAINT-MARTIN,
et boulevard St.-Martin, 29.	18.

1835.

PERSONNAGES.

****

PERSONNAGES.	ACTEURS.
LÉON DUPLAN, riche maître de forges.	M. St.-Hilaire.
MARIE, sa femme. (25 ans.)	Mme Delcourt.
CHAPUIS, chef d'atelier. (35 ans, même âge que Léon.)	M. Bonnissent.
CATHERINE.	Mlle Justine.
BASTIEN.	M. Pelvilain.

La Scène se passe dans l'usine de Léon Duplan, à 50 lieues de Paris.

Imprimerie de Chassaignon,
rue Git-le-Cœur, n° 7.

LE BON ANGE,

OU

CHACUN SES TORTS.

DRAME-VAUDEVILLE EN UN ACTE.

Un petit salon d'été, ouvrant sur un jardin. — Portes latérales. — A gauche une causeuse et un guéridon, sur lequel se trouve tout ce qu'il faut pour écrire. — A droite, un secrétaire.

SCENE PREMIERE.

CHAPUIS, BASTIEN.

(*Chapuis arrive par le fond en tenant Bastien par l'oreille.*)

CHAPUIS, *jetant sa veste sur un fauteuil.* Ah! ah! je t'y pince, mon gaillard! qué qu' tu faisais là?...

BASTIEN. Je me promenais...

CHAPUIS. Tu mens! je vas te le dire, moi, ce que tu faisais. Tu guettais Catherine, la fille du jardinier, pour lui pincer la taille... le bras... n'importe quoi, lui dérober un baiser ou autres gentillesses du même genre, et te sauver après comme un braconnier qui a peur du garde... c'est moi qu'est le garde!... et comme je te prends à chasser sur mes terres... pif... paf... démoli... sans procès-verbal.

BASTIEN, *se débattant.* Dites donc, vous!...

CHAPUIS. Ah!... tu veux faire le méchant!... bon!... bon!... ça me va... Si tu as du nerf, mon garçon, j't'engage à le développer.

AIR : *Est-il supplice égal.*

En garde!... moi m'y v' là!...
Un', deux... je n' connais qu' çà
Pour défend' cell' que j'aime...
Lorsque j'ai des rivaux,
Je leurs brise les os...
C'est le meilleur système!
Méchant Criquet,
Auprès de mon objet,
J' prétends pas qu'on me trouble,
Je t'en préviens;
Près d'elle, si tu reviens,
T'en attrap'ras le double!

ENSEMBLE.

BASTIEN.

Qué' brutal que c' t' homme là!...
Un', deux... i' n' connaît qu' çà...
Pour défend' celle qu'il aime...
Lorsqu' il a des rivaux,
Il leur brise les os...
C'est un drôl' de système.

CHAPUIS.

En garde!... moi, m'y v' là!...
Etc. , etc. , etc.....

(*Il fait pleuvoir sur Bastien les coups de pieds et les coups de poings.*)

BASTIEN, *se sauvant.* Oh!... là... là !...

SCENE II.

CATHERINE, CHAPUIS.

(*Catherine arrive par le fond: elle tient un*

seau de chaque main... elle les dépose au-
près de la porte.)

CATHERINE. Eh ben !... quoique c'est que tout ce tintamarre ?

CHAPUIS. C'est rien !... J'étais en train de réchauffer un peu ce grand frileux de Bastien.

CATHERINE. Elle est encore gentille la manière ! Dites donc, vous, vous m'faites l'effet d'avoir le geste ben facile. Pourquoi taper ce jeune homme ?... quoi qu'il vous a fait ?

CHAPUIS. Est-ce que vous l'aimeriez, qu'vous l'défendez si bien ?

CATHERINE. Si ça m'faisait plaisir...

CHAPUIS. Alors... tenez... tenez... v'là un présent qui vous sera sensible... une mèche de ses cheveux que j'viens de cueillir, et qu'vous pourrez mettre dans un médaillon.

CATHERINE. Ah !... l'horreur !...

CHAPUIS, *tendrement*. Catherine !

CATHERINE. Ensuite ?...

CHAPUIS. J'taime... j'taime de toutes mes forces... valeur de cinq cents kilogrammes.

CATHERINE. Tu sais ben que j'taime aussi.

CHAPUIS. Mais je suis jaloux... toujours de toutes mes forces.

CATHERINE. T'es bête !

CHAPUIS. Rien qu'à l'idée d'un coup d'œil qu't'auras lancé... l'amour... la jalousie... les forces... tout ça redouble !... oh ! les forces, surtout !

CATHERINE. Ça ne laisse pas que d'être rassurant pour les autres.

CHAPUIS. Je me moque pas mal des autres. Dis qu'tu n'aimes que moi.

CATHERINE. Faut toujours y répéter la même chose.

CHAPUIS. Qu't'es donc gentille ! Ah ! ça, en l'absence du patron, c'est moi qui commande à toute la boutique.

CATHERINE. Ça te rend fier, hein ?

CHAPUIS. Y a de quoi !... chef d'atelier dans l'usine de M. Léon Duplan, son frère de lait, son ami, et de plus honoré de sa confiance... En v'là un grade !... et qui vaut bien celui que j'occupais au régiment... jadis... autrefois.

CATHERINE. Qu'est-ce que tu étais donc ?

CHAPUIS. Simple soldat, ma chère... un peu farceur, pas mal noceur, et considérablement rageur... Du reste, estimé de mes chefs, et aimé du beau sexe.

CATHERINE. Dis donc, tu sais que la bourgeoise ne veut recevoir personne ici... La drôle d'idée, hein ?

CHAPUIS. A-t-elle pleuré hier !

CATHERINE. Oui, mais seulement après le départ de Monsieur. Avant, elle n'avait pas l'air de s'occuper de lui.

CHAPUIS. V'là comme vous êtes, vous autres femmes !

CATHERINE. C'est pourtant vrai c'que tu dis là.

AIR : *Adieu, je vous fuis, bois charmant.*

Nous vous traitons avec dédain,
Sans penser que, dans le ménage,
Un mari c'est comme du pain
Dont chaque jour on fait usage.

CHAPUIS.

Et c' pain-là manque-t-il par malheur,
Oh ! pour lors vous faites la mine.

CATHERINE.

Nous en sentons tout' la valeur,
Et nous crions à la famine !

CATHERINE. Si j'sommes jamais vot' femme, faudra tâcher qu'y ait pas de disette.

CHAPUIS. On fera son possible.

CATHERINE. J'aime pas jeûner, moi !

CHAPUIS. Farceuse !

CATHERINE. Ah !... je vas traire la rousse.

CHAPUIS. Qu'est-ce que c'est, la rousse ?

CATHERINE. Une vache qu'j'ons depuis hier... oh !... une superbe bête !

CHAPUIS. Est-ce qu'on se quitte sans se dire un mot d'amitié ? (*Catherine lui tend la joue, Chapuis l'embrasse.*) Oh ! que c'est bon ! oh !... le matin à jeun ! c'est fameux !

CATHERINE, *à part*. J'en tiens tout de même joliment pour c't'être là !... c'est qu'il est tourné... c'est qu'il est aimable... Ah ! je vas traire la rousse !

CHAPUIS. Et moi faire un tour à la forge. Adieu, ma Catherine, ma petite mère !...

CATHERINE. Adieu, amour...

CHAPUIS.

Air de M. Tolbecque.

A bientôt l' mariage !
Oui, tous deux,
Nous sommes sûrs, en ménage,
D'être heureux.

CATHERINE.

Pour moi, tu promets
De n'avoir pas de secrets ?

(5)

CHAPUIS.

Tout c' que tu n' sais pas ,
C'est de moi qu' tu l'apprendras.

ENSEMBLE.

A bientôt l' mariage,
Etc , etc. , etc.

(Ils sortent, Chapuis par la gauche, Catherine par la droite. A la fin de l'air, l'orchestre exécute un tremolo qui accompagne la scène suivante.)

SCENE III.

LÉON , *seul.*

(Il entre par la porte de droite au moment où Chapuis et Catherine quittent le salon; il ouvre le secrétaire, y prend une boite de pistolets, qu'il dépose sur la table, puis il s'assied.)

Je voulais lui parler... mais pourquoi ? Si elle m'aimait, m'aurait-elle vu partir avec autant de calme, de sang-froid?... pas une larme !... rien qu'un sourire glacial qui semblait me dire: je ne vous ai jamais aimé... Ah! plutôt la mort qu'une existence comme la mienne! *(Ici Chapuis traverse la scène dans le fond. En apercevant Léon , il s'arrête et exprime sa surprise.)* Cette lettre pour elle... celle-ci... pour Chapuis!...*(Il essuie une larme.)* Et maintenant... n'hésitons plus !... *(Il arme un pistolet.)*

SCENE IV.

CHAPUIS, LÉON.

CHAPUIS, *s'élançant vers Léon.* Bas les armes ! *(Il lui arrache le pistolet de la main.)*

LÉON. Quelqu'un !...

CHAPUIS. Mille tonnerres !... Mais vous êtes fou !

LÉON, *s'emportant.* Chapuis !...

CHAPUIS. Rengaînons, et plus vite que ça. *(il remet la boite dans le secrétaire qu'il referme, et dont il prend la clef.)*

LÉON. Donne-moi cette clef!... *(Chapuis le regarde, et hausse les épaules.)*

CHAPUIS. Vous ne l'aurez pas! *(Il la met dans la poche de son gilet et boutonne sa veste.)*

LÉON, *levant la main sur lui.* Insolent !

CHAPUIS. Frappez donc !

(Silence : Léon anéanti tombe sur un fauteuil, Chapuis remonte la scène, regarde si personne ne vient, puis il redescend auprès de Léon.)

Air d'Yelva.

Partir comm' ça!.. c'est ben gentil, tout d'même,
Sans dire adieu !... sans prévenir !...
Et l'pauv' Chapuis?... et vot' femm' qui vous aime,
Je vous l' demande, qu' allaient-ils devenir ?
C'est pas seul'ment un' bêtise, un' folie ,
Mais c'est un crime que j' viens d' vous éviter ;
Puisque Dieu seul peut nous donner la vie,
Dieu seul a droit de nous l'ôter !
Souvenez-vous qu' lui seul donne la vie,
Et que lui seul a droit de nous l'ôter !

LÉON, *se levant.* Chapuis!... ta main !... J'allais commettre une lâcheté, et pourtant si tu savais ...

CHAPUIS. Quoi ?.. une débâcle dans les finances... Morbleu! n'avez-vous pas de bons ouvriers qui, pour vous aider, travailleraient toute une année sans vous demander autre chose que du pain et de l'eau? sans compter que moi, Chapuis, je casserais les reins au premier qui rechignerait... l'histoire de lui apprendre la reconnaissance.

LÉON. Je sais quel est votre dévouement à tous, mais il ne peut rien contre le malheur qui me frappe!

CHAPUIS. Eh bien! alors il y a donc quéque chose que je ne sais pas? Vous avec donc des secrets pour moi, à c'te heure ?

LÉON. Oui... jusqu'à présent il y a une chose que je t'ai cachée, à toi mon confident... mon conseil... mon ami...

CHAPUIS. J'en apprends de belles sur vous; mais ce secret... dites-le donc !...

LÉON, *avec effort.* Marie est la cause de mes chagrins.

CHAPUIS. Votre femme!

LÉON. Et elle allait devenir la cause de ma mort!

CHAPUIS. Qu'est-ce que vous me chantez-là ?

LÉON. Ecoute, Chapuis... Marie était ma cousine avant d'être ma femme; elle était riche; mon usine était une des meilleures de France, et nos parens, croyant agir dans nos intérêts communs, arrangèrent un mariage entre nous. Le contrat était signé... et à peine si nous avions eu le temps de nous voir, à plus forte raison d'étudier nos caractères, nos habitudes, nos goûts.

CHAPUIS. Je comprends... la bourse avait parlé... et le cœur n'avait rien dit... je m'en avais méfié.

LÉON. Mon intérieur me devint insupportable... je cherchai des distractions... et bientôt... oh!.. voilà la cause de tous mes chagrins... bientôt, Chapuis, j'eus des maîtresses.

CHAPUIS. Ne fesant pas la noce au logis, vous la fesiez au dehors... je m'en avais encore méfié... Et vot' femme?

LÉON. Elle s'en aperçut... son amour-propre fut blessé.,. elle pleura, me fit des reproches... puis peu-à-peu elle parut prendre son parti... larmes... reproches... tout cessa.

CHAPUIS. Elle avait trouvé des consolations?

LÉON. Et peut-être des consolateurs!..

CHAPUIS. L'un ne va pas trop sans l'autre.

LÉON. Alors... d'indifférent, de froid que j'étais... je devins jaloux; et, te le dirai-je, j'ai sacrifiée à des maîtresses dont je rougis maintenant; cette femme, je l'aime, je l'adore, et je sens qu'elle doit me trahir, car sûrement elle ne m'estime plus.

CHAPUIS. Entre nous, quand on veut qu'une femme soit fidèle, on ne lui donne pas des raisons pour ne pas l'être; on n'emploie pas à courir avec des... *madames* le temps qu'on devrait passer auprès d'elle.

LÉON. Si j'eus des torts, Chapuis, je les expie bien cruellement aujourd'hui, car ma maison est devenue pour moi un enfer... Aimer sans être aimé... ah! c'est affreux!.. Pour fuir un pareil supplice, j'avais pris la résolution de m'éloigner de ces lieux! et hier j'étais parti... mais, plus je m'éloignais... plus mes souffrances étaient affreuses, plus ma jalousie me torturait... J'avais fait à peine vingt lieues, que je revins à bride abattue... J'entrai seul dans la fabrique... je me figurais que Marie devait veiller... qu'elle devait m'attendre... non, point de lumière dans sa chambre... elle dormait... et j'étais au désespoir... Oh! ma raison s'égara, et je ne vis plus que la mort pour échapper à mon malheur!.. Chapuis, tu sais le reste...

CHAPUIS. Patron!.. je puis ramener le calme dans votre cœur.

LÉON. Et comment, grand dieu?

CHAPUIS. Cela me regarde... Parlez-moi avec franchise: vous avez des soupçons... mais ils ne se portent pas seulement sur votre femme!

LÉON. Oh! non...

CHAPUIS. Il y a un particulier que vous avez évincé poliment du logis l'an dernier, et qui y venait ben souvent.

LÉON. M. Adrien de Kerville.

CHAPUIS. Lui-même... autrefois fournisseur à l'armée... votre ami à vous et ma bête noire à moi... Il nous rognait nos vivres, le ripainsel!.. et je lui garde une dent de longueur.

LÉON. Ah! si j'avais des preuves!..

CHAPUIS. Je vous en donnerai peut-être.

LÉON. Toi!

CHAPUIS. Ecoutez... on vous a vu partir; mais personne ne sait que vous êtes de retour.

LÉON. Personne.

CHAPUIS. Eh bien! filez dans le jardin, cachez-vous dans le pavillon d'où vous pouvez voir cette porte (*Il indique celle de droite.*) que je vas refermer... Voici l'heure où la bourgeoise descend au salon... je l'attendrai... je lui parlerai.

LÉON. Que lui diras-tu?

CHAPUIS. Ai-je votre confiance, oui ou non?

LÉON. Je m'abandonne à toi.

CHAPUIS. Si vous avez raison d'accuser votre femme...

LÉON, *douloureusement*. Ah! Chapuis!

CHAPUIS. C'est dans les choses possibles... dans ce cas je laisse la porte fermée... Si au contraire elle est digne de vous... si elle vous aime...

LÉON. M'aimer!

CHAPUIS. C'est encore dans les choses possibles... dans ce cas là... j'ouvre la porte... D'une façon ou de l'autre vous savez ce que vous avez à faire.

LÉON, *lui prenant la main.* Tu jures de me dire la vérité.

CHAPUIS. Sur l'honneur!

Air du hussard de Felsheim.

Eloignez-vous, laissez-moi faire.

LÉON.

Chapuis, je me fie à ton cœur.

CHAPUIS.

Je réussirai, je l'espère.

LÉON.

Puis-je encor' trouver le bonheur ?
Être trompé !...

CHAPUIS.

Je conçois que ça vexe,
Mais d'en êtr' sûr, j' crois avoir le moyen ;
On n' doit jamais désespérer du sexe,
Le cœur est bon, c'est la têt' qui n' vaut rien.

ENSEMBLE.

CHAPUIS.

Eloignez-vous, laissez-moi faire ;
On peut se fier à mon cœur.
Je réussirai, je l'espère,
Et je vous rendrai le bonheur.

LÉON.

Eloignons-nous, laissons-le faire ,
Chapuis, je me fie à ton cœur ;
Hélas ! c'est en vain que j'espère
De trouver encor le bonheur.

(Léon sort par la porte de droite, que Chapuis
referme.)

SCÈNE V.

CHAPUIS, seul.

Ah ! ça, voyons... il s'agit de m'assurer
de la chose... de savoir si l' patron est ou
n'est pas dans l'erreur... Comment m'y
prendre ?.. pardié !.. j'ai ben le moyen...
mais j'oserai-t'y ?.. voilà... voilà... le hic !
j'oserai-t'y ?..

CATHERINE, dans la coulisse. Voulez-vous
ben finir tout d' suite... voulez-vous
ben vous calmer... ou j' vous arrose...
Encore... attrape !

SCÈNE VI.

CATHERINE, CHAPUIS.

CATHERINE, riant aux éclats. Ah ! ah ! ah !
CHAPUIS. Eh ben ! quoi !..
CATHERINE. C'est Bastien... qui m'chif-
fonnait encore, et que j'viens d'baptiser..
(Elle retourne un des seaux qui est vide.)
Y n'en a pas réchappé une goutte.
CHAPUIS. V'là ben du bruit pour pas
grand' chose.

CATHERINE. Hein !.. Comment que vous
dites ?
CHAPUIS. J'dis que j'ai pas l'temps d'é-
couter vos sornettes.
CATHERINE. V'là du nouveau, par exem-
ple...
CHAPUIS, à part. Allons... allons... j'o-
serai... J'ai donné ma parole... faut la
tenir.
CATHERINE, le regardant avec étonnement.
C'est pas possible... je dors toute éveil-
lée...
CHAPUIS, se promenant avec agitation ;
Catherine le suit par derrière. Mon pauvre
maitre !.. Oh ! les femmes !..
CATHERINE. Quoi qu'y dit des femmes ?..
CHAPUIS, de même. Elles sont gentilles !..
je leur conseille de s'vanter.
CATHERINE. Chapuis !..
CHAPUIS, de même. Il est vrai que les
hommes... oh ! les hommes !.. ils font
souvent de fiers gredins !
CATHERINE. Mon petit Chapuis !..
CHAPUIS, de même. Non.., j'pourrai jamais la croire capable d'une atrocité
semblable... Et c'pendant, c'jour en ques-
tion... je n'l'ai pas rêvé...
CATHERINE, l'arrêtant par le bras. Chapuis !.. Voulez-vous ben m'écouter à la
fin des fins ?
CHAPUIS. Allez battre votre beurre et
écrèmer vos fromages.
CATHERINE. O abomination !.. Est-il
possible de tarabuster ainsi une personne
qu'on affectionne !.. Mais quoi qu'il a ?..
Faut qu'il te soie arrivé quéqu'histoire.

AIR : Qu'il est flatteur d'épouser celle.

C' matin t'étais tout feu , tout flamme,
Et maint'nant...

CHAPUIS.

Maint'nant, c'est plus ça.

CATHERINE.

Faudra pas, quand je s' rai vot' femme,
Avoir souvent d' ces humeurs là.

CHAPUIS, préoccupé.

Pour toi mon amour est extrême.

CATHERINE.

Mais, voyez donc quel air distrait !
Quand on dit à quéqu'un : j' vous aime,
Monsieur, faut être à ce qu' on fait...
Je veux qu'on soit à ce qu'on fait !

(On entend sonner dans la coulisse.)

CHAPUIS. V'là Madame qui sonne sa femme de chambre... Catherine, ma fille, restez-là.

CATHERINE. Pourquoi faire?

CHAPUIS. Restez-là, qu'on vous dit; et quand la bourgeoise va venir, priez-la de m'attendre. J'ai une chose extraordinairement importante à lui dire.

CATHERINE. Quoi donc?

CHAPUIS. Ça n'vous regarde pas.

CATHERINE. Vous êtes encore poli !

CHAPUIS, se dirigeant vers la porte. En avant, les grands moyens!..

CATHERINE le ramenant en scène.

Air de l'Ecu de six francs.

Sans embrasser votr' Catherine,
Autrefois vous n' partiez jamais.

CHAPUIS.

A me retenir ell' s'obstine.

CATHERINE.

J' vois ben qu' pour vous j'ai plus d'attraits.

CHAPUIS.

On dirait qu'ell' le fait exprès.

CATHERINE.

Vite un baiser...

CHAPUIS.

Est-ell' têtue !...
C'est un de plus que j' te devrai.

CATHERINE.

Faudra me solder l'arriéré,
Sans me faire de retenue.

CHAPUIS, en sortant.

Je te solderai l'arriéré,
Sans te faire de retenue.

SCÈNE VII.

CATHERINE. puis MARIE.

CATHERINE. Il n'en peut plus de moi..... ce pauvre garçon.

MARIE, entrant par la porte de gauche. Bonjour, Catherine.

CATHERINE. Salut bien, Madame.. (Marie va s'asseoir sur la causeuse, elle paraît vivement préoccupée.) Si Madame voulait étrenner la rousse... Son lait est si bon!.. c'est une crème, quoi !

MARIE. Merci, mon enfant, merci.

CATHERINE. Faudra pas vous gêner, Ma-dame, à c't'heure que vous v'là toute seule ici; quand vous voudrez avoir un peu de société... faudra venir voir la rousse... Je s'rai toujours avec elle... ça vous distraira.

MARIE. Je n'y manquerai pas, Catherine, je te le promets.

CATHERINE. Ça nous fera plaisir... Ah ! excusez, Madame, si j'vous cause encore... c'est que Chapuis vous prie de l'attendre... Il a une chose s'traordinaire à vous conter.

MARIE. C'est bon, j'attendrai.

CATHERINE. Vous penserez à la rousse, n'est-ce pas, Madame, ça fait que vous penserez à moi en même temps. (En sortant par le fond à gauche.) Oh! je l'aime-t'y, c'te bête-là ! Il n'y en a que deux que j'aime comme ça... elle et Chapuis !

SCÈNE VIII.

MARIE, seule.

Parti !.. parti depuis hier ! Je ne puis me faire à cette pensée... Encore seule... dans cette maison... seule... avec un avenir qui m'effraie et des souvenirs qui me torturent... Quels adieux !.. Pas un regret, pas une hésitation... En vain mon regard a-t-il interrogé le sien... il est resté de glace... Un moment, j'ai cru voir une larme... j'ai cru entendre un soupir... Je m'étais trompée, et cette douce erreur a passé comme un éclair... Et maintenant il doit être à Paris... Mais à Paris il reverra cette femme qu'il a aimée, qu'il aime encore... c'est pour la rejoindre qu'il me fuit, qu'il me délaisse!... et je dois souffrir sans me plaindre... Oh ! oui, souffrir !.. car je l'aime !.. je n'ai jamais aimé que lui ! vous le savez, ô mon dieu! je n'ai jamais aimé que lui !

SCÈNE IX.

MARIE, CHAPUIS,

(En entrant il cache sous sa veste un mouchoir qu'il tenait à la main.)

MARIE. Eh bien ! Chapuis, approchez, mon garçon ; vous fais-je donc peur ?

CHAPUIS, embarrassé. Oh! non... oh ! non... Madame.

MARIE. D'où vient qu'avec moi vous êtes toujours si cérémonieux ?

CHAPUIS. Ah ! dam ! la politesse… les égards pour le sexe…

MARIE. Vous êtes si à votre aise avec… Monsieur. Voyons, mon ami, vous vouliez me parler… je vous écoute : si c'est un service, ne craignez pas de me demander trop… Que pourrais-je refuser à l'ami… au frère de… de mon mari ?

CHAPUIS, *à part.* Si elle prend ses petites manières gentilles… bonsoir !

MARIE. Eh bien !…

CHAPUIS. Voilà, bourgeoise… Vous souvenez-vous, bourgeoise, que l'an dernier… Monsieur… qui était absent depuis ben long-temps, vint passer environ un mois ici ?

MARIE. Sans doute, je m'en souviens.

CHAPUIS. Un jour… il arriva une grande dame, une espèce de marquise, de comtesse…

MARIE, *vivement.* De Luceval.

CHAPUIS. Elle passa la journée à visiter l'usine… partit le lendemain… et le patron partit avec elle… pour l'accompagner soi-disant.

MARIE, *à part.* Quel souvenir !

CHAPUIS. Cette comtesse nous avait distribué de l'argent, et le soir c'était à qui boirait le plus et le plus long-temps à sa santé… Nous autres ouvriers, nous boirions à la santé d'une duchesse, d'une princesse… de la grande sultane… pourvu qu'elle paie.

MARIE, *agitée.* Mais enfin, Chapuis, où voulez-vous en venir ?

CHAPUIS. Il paraît que j'avais porté beaucoup d'intérêt à la santé de la comtesse, car en rentrant… je tombai de faiblesse et d'une palpitation de cœur, au coin du petit bosquet qui donne sur la route de Paris… tout juste à l'endroit où une heure auparavant vous aviez prié votre mari de rester.

MARIE. Et malgré mes prières, mes larmes… il était parti… avec la comtesse !

CHAPUIS. Quand je me réveillai, il faisait, ma foi, un beau clair de lune… Je faisais mon possible pour me remettre en route, lorsque tout-à-coup j'entendis ces mots, que j'ai bien retenus : « *Fuyez !… je vous hais !… vous m'avez perdue ; vous êtes un infâme !..*

MARIE, *à part et avec trouble.* O ciel !.. (*haut.*) Et avez-vous reconnu la voix de la personne ?..

CHAPUIS, *l'observant.* J'ai cru la reconnaître.

MARIE, *à part et s'appuyant contre la causeuse.* Il sait tout !..

CHAPUIS, *à part.* C'était elle ! (*Il devient plus sérieux et parle avec plus de chaleur.*) Je voulus m'élancer, mais ma scélérate de palpitation devint plus forte, et je retombai… Un homme et une femme passèrent auprès de moi… L'homme… ça m'était égal… j'y ai pas fait attention… La femme…

MARIE. Eh bien !.. la femme ?..

CHAPUIS. Je l'ai vue… et le lendemain à quatre heures, en retournant à la fabrique, j'ai trouvé, à la place où elle avait passé, un mouchoir marqué… marqué à votre nom, bourgeoise.

MARIE, *tombant à ses genoux.* Ah ! taisez-vous, Chapuis, taisez-vous !..

CHAPUIS, *avec douleur.* C'était donc bien vous ! (*Il tire un mouchoir de dessous sa veste.*) Tenez… le voilà… Oh !.. votre nom y est bien… en toutes lettres… Lisez !..

MARIE, *suppliant.* Chapuis !..

CHAPUIS, *terrible.* Je vous le rendrai… mais à une condition… c'est que vous allez me dire son nom à… à l'autre,

MARIE, *se relevant.* Jamais !

CHAPUIS. Alors je garde le chiffon.

MARIE, *pleurant et se soutenant à peine.* Vous que je connais si bon, si dévoué… Quand vous pouvez me perdre… le ferez-vous ?

CHAPUIS. Allons !.. bien !.. là vl'là qui s'envole maintenant… Tenez, prenez-le vite, et cachez-le de peur que je veuille le ravoir. (*Il se dirige auprès de la porte à droite.*) Mon bon maître !.. il a les yeux fixés sur cette maudite porte… Je suis sûr qu'il se mange les sens… qu'il jure comme un payen de voir qu'elle reste fermée… et cependant… je ne peux pas l'ouvrir… j'ai donné ma parole !

MARIE, *allant à Chapuis.* Chapuis… vous connaissez mon secret.

CHAPUIS, *avec émotion et à part.* Pauvre petite femme !.. a-t-elle un cœur… au milieu de tout ça !

MARIE. Vous pouvez en abuser.

CHAPUIS. Jamais !.. jamais !..

AIR : *Dans un castel, dame de haut lignage.*

Pouvez-vous croire un seul instant, madame,
Qu'à vot' mari j'irais tout raconter ?..
Non, non, morbleu ! non, car ça s'rait infâme;

Sur mon silence... oui, vous pouvez compter :
De lui dir' ça, j' n'aurais pas le courage,
Le pauv'cher hom', j'connais trop bien son cœur!.
Il en mourrait de colère et de rage!...

MARIE.
Et moi, Chapuis, de honte et de douleur! } *bis.*

CHAPUIS. Je vous ai juré de me taire,
bon! mais vous allez me jurer de tout
faire pour le rendre heureux, lui!.. Et
d'abord, renfoncez ces larmes... prenez-
moi vite un autre air.

MARIE. Que voulez-vous dire?

CHAPUIS. Ah! c'est qu'il vous aime!..

MARIE. Lui!

CHAPUIS. C'est que s'il a eu des torts, il
s'en repent... c'est que si vous l'voulez,
il sera pour vous le meilleur des maris.

MARIE. Et moi?..

CHAPUIS, *lui mettant la main sur le cœur.*
Vous!.... vous avez d'ça..... c'est l'essen-
tiel.

MARIE. Mais il m'a quittée... il est loin
d'ici.

CHAPUIS. Pas si loin qu'il ne puisse re-
venir bientôt... Allons... est-ce fini les
larmes?.. Ah! ouvrons la porte et sau-
vons-nous... car v'là les miennes qui ar-
rivent!

(*Il pousse la porte de droite, on entend un
cri de joie, et aussitôt Léon se précipite sur
la scène. Chapuis s'éloigne rapidement.*)

SCENE X.

LÉON, MARIE.

MARIE. Léon!

LÉON. Marie!

(*Ils sont dans les bras l'un de l'autre.*)

ENSEMBLE.

Je te revois!... ah! de ma vie
Je ne veux plus t'abandonner...
Oui, tous mes torts, je les expie...
Daigneras-tu me pardonner?

LÉON. Marie!.. Marie!.. tu ne sauras jamais tout ce que mon amour, amour
que je ne croyais pas partagé, m'a fait
souffrir d'angoisses!

MARIE. Et à moi donc?

LÉON. Je prenais ta résignation pour de
l'indifférence.

MARIE. Ta tristesse me semblait de la
haine.

LÉON. Te l'avouerai-je? j'allais jusqu'à
t'outrager par d'injustes soupçons!

MARIE. Assez, Léon, assez!... tant de
bonheur est un rêve sans doute.

LÉON. Non... c'est bien la réalité.

(*Il lui prend les mains et les couvre de baisers.*)

MARIE, *à part.* Mon Dieu, donnez-moi
la force de ne pas tomber à ses pieds.

Air de Caleb. (Adolphe Adam.)

LÉON.

Une fatale méfiance
Fut la cause de bien des maux...
Mais l'amour et la confiance
Doivent nous rendre le repos.
Je consacre ma vie
A t'aimer, te chérir.

MARIE, *à part.*

La coupable Marie
Doit se taire et souffrir ;
Dans sa main, la mienne est de glace.

LÉON.

Sens-tu battre mon cœur?

MARIE, *à part.*

Hélas! je vois que rien n'efface
Un seul instant d'erreur.

(*On entend un grand bruit dans la coulisse.*)

SCENE XI.

LES MÊMES, CHAPUIS, *arrivant par le fond.*

CHAPUIS. Bourgeois!.. v'nez!.. v'nez!..
tous vos ouvriers sont-là... j'leur ai an-
noncé votre retour... Faut voir quelle
joie!.. Hein! les entendez-vous?

LÉON. Les braves gens!

Cris : Le bourgeois!.. le bourgeois!..

CHAPUIS, *à la cantonnade.* C'est bon, le
v'là!..

LÉON. Marie... je reviens.

(*Il sort entraîné par Chapuis.*)

SCENE XII.

MARIE, *seule, regardant Léon s'éloigner.*

Il est heureux!.. et quand je songe que
d'un mot... Ah! cette position est affreuse...
elle est insoutenable! car la rougeur me
monte au front chaque fois qu'il me parle

de son amour... Et pourtant, il faut me taire... le tromper... tout me l'ordonne. Ah! pauvres femmes!

Air de Téniers.

Notre lot est la patience,
Sachons supporter le malheur;
Mais au plaisir de la vengeance
Ne croyons pas, il est trompeur.
De qui nous trahit, nous oublie,
Il vaut mieux excuser les torts!
Résignons-nous, souffrons toute la vie,
Plutôt que d'avoir des remords.

(*Catherine est entrée pendant la fin du couplet, elle se tient au fond. Elle a une lettre à la main.*)

SCENE XIII.

MARIE, CATHERINE.

CATHERINE. Madame!

MARIE. Que voulez-vous?

CATHERINE. C'est un grand galonné qui vient de m'donner c' billet, pour j' le remette de suite à Madame.

MARIE. Un billet!.. de quelle part?

CATHERINE. J'en sais rien... vu que nous revenions des champs, moi et la rousse; c' qui fait...

MARIE. Donnez!.. (*Elle regarde et se trouble.*) Ah! mon dieu!.. je connais cette écriture.

(*Elle tourne la lettre entre ses mains et paraît hésiter à la lire.*)

SCENE XIV.

LES MÊMES, CHAPUIS.

CHAPUIS. Tout l' monde l'entoure, que ça fait plaisir à voir.

CHATERINE *à Chapuis.* Est-on plus gentil!

CHAPUIS. Maintenant, ma Catherine, j' suis tout à toi.

CATHERINE. Vous étiez donc à un autre?

CHAPUIS J'veux dire que j'ai plus autre chose à faire qu'à t'aimer.

CATHERINE. Et à me l' prouver.

CHAPUIS. Autant que j' le pourrai.

CATHERINE. Autant que j' le voudrai.

CHAPUIS. C'est plus difficile!

(*Pendant ce temps, Marie s'est assise sur* le sopha; *elle a brisé le cachet et lu la* lettre.)

MARIE, *se levant.* Le lâche!..

CHAPUIS. Hein?.. quoi qu' c'est?.

MARIE. Laissez-nous, Catherine; restez, Chapuis.

CHAPUIS. Encor du mic-mac!

CATHERINE. Il y a quéque chose, hein?

CHAPUIS. C'est pas ton affaire... Catherine, vos deux oreilles sont de trop ici.

CATHERINE. Na!.. v'là qu'ça lui reprend. Ah! si Bastien n'était pas si laid.

(*Elle sort.*)

SCENE XV.

MARIE, CHAPUIS.

MARIE. Tenez, Chapuis... lisez.

(*Elle lui donne la lettre.*)

CHAPUIS. Il y a donc là-dedans des choses terribles, que vous v'là toute tremblante et toute pâle!

MARIE. Oh! mon dieu!.. mon dieu!

CHAPUIS, *lisant.* « Votre mari est parti. » Cinq minutes de chemin vous séparent de la ferme de Vandray... je vous » y attends. Venez, ou dans une demi- » heure je suis chez vous. Heureux une » fois, j'ai droit de l'être encore... Mon » amour ou votre perte: choisissez! » Et le nom?.. ah! ben, oui!.. il n'a pas signé!.. est-ce qu'on signe ces choses-là!

MARIE. Et la plainte ne m'est pas même permise!.. J'ai donné à cet homme le droit de me traiter ainsi! Oh!.. mais le ciel ne m'abandonnera pas.

CHAPUIS. Le ciel!.. le ciel!.. c'est très-bien! mais il ne vous tirera pas de là... si on ne l'aide pas un peu.

MARIE. Que faire?..

CHAPUIS. Oh!.. les forces!.. je parie actuellement pour mille kilogrammes.

MARIE, *reprenant la lettre des mains de Chapuis.* Dans une demi-heure il sera ici... si Léon le voit... tout est perdu... Que faire?.. Chapuis, que faire?

CHAPUIS. Est-ce que je sais, moi!

MARIE. Fuir!.. me dérober à leurs yeux.

CHAPUIS. En v'là une d'idée!.. vous avez été long-temps à la trouver?.. Attendez donc... oui, c'est ça!.. Il ne viendra pas, bourgeoise, il ne viendra pas! Je cours à Vandray... je lui dis... j' sais pas quoi en-

core!.. mais c'est égal! i' n' viendra pas...
je vous l' promets! *(Fausse sortie.)* mais il
faut que je sache son nom...

MARIE, *avec beaucoup d'hésitation.* Chapuis!.. vous me jurez que jamais...

CHAPUIS. Ça ne sortira pas de là....Son
nom?

MARIE. Adrien de Kerville.

CHAPUIS. Mon ripainsel!.. ah! je sens
ma dent qui s'allonge furieusement!..
Pas un mot, entendez-vous... pas un mot
jusqu'à mon retour!

AIR : *En avant, bon courage.*

Je me charge de faire
Un' réponse au poulet.

MARIE.

Chapuis, qu' allez-vous faire?
Quel est votre projet?

CHAPUIS.

Je vas mettre en pratique
Un moyen décisif ;
Si c'est un peu tragique,
C'est très-expéditif.

ENSEMBLE.

MARIE.

Chapuis, qu'allez-vous faire?
Quel est votre projet?
C'est en vous que j'espère,
Vous savez mon secret.

CHAPUIS.

Je me charge de faire
Un' réponse au poulet,
Qui corrig'ra, j'espère,
Ce méchant freluquet.

(*Il sort en courant.*)

SCENE XVI.

MARIE, *seule et cachant la lettre dans sa
ceinture.*

Pourvu qu'il ne vienne pas... pourvu
que Léon ne s'aperçoive de rien!.. ah!
je n'aurais pas la force d'entendre ses re-
reproches... son seul regard me tuerait.
(Moment de silence.) Quel est le projet
de Chapuis?.. que va-t-il lui dire?.. O
mon dieu!.. traiter ainsi une femme!..
abuser à ce point de la faiblesse d'un mo-

ment!.. *(Elle se cache le visage dans ses
mains.)* Et chaque minute qui s'écoule me
rapproche de l'instant où je dois le voir
paraître! *(Elle tressaille.)* Le moindre bruit
me glace d'effroi!.. qu'ai-je donc? *(Elle
s'appuie sur le sopha.)* ma vue se trouble...
je me soutiens à peine... Ah! tant d'émo-
tions... Mes forces... mes forces m'aban-
donnent.

(*Elle tombe évanouie.*)

SCENE XVII.

MARIE, LÉON, *puis* CHATERINE.

LÉON. C'est singulier... je ne vois plus
Chapuis! sais-tu, ma bonne, ce qu'il est
devenu?.. Marie?.. elle ne me répond
pas! *(Allant à elle.)* Marie!.. Ah! mon
dieu! elle se trouve mal!.. quelqu'un!..

(*Il agite violemment une sonnette, Catherine
entre.*)

CATHERINE. Me voilà... me voilà!...

LÉON. Des secours... des secours à votre
maîtresse!

CATHERINE. Evanouie!.. ah! mon dieu!..

(*Elle prend sur la cheminée un flacon et le fait
respirer à Marie.*)

LÉON, *s'empressant auprès de sa femme.*
Mais quelle peut-être la cause?..

CATHERINE. Je suis sûre que c'est cette
maudite lettre que je lui ai apportée tout-
à-l'heure...

(*Elle défait la ceinture de Marie.*)

LÉON. Quelle lettre?..

CATHERINE. Tenez, la v'là. *(Elle la lui
donne.)* toute chiffonnée... Je l'aurais
parié!..

LÉON. Ah!.. elle revient à elle!..

CATHERINE. Dieu merci!..

MARIE, *se levant brusquement.* Léon...
(à part.) Ah! la lettre!..

LÉON. Eh bien?.. mon amie!.. te sens-
tu mieux?.. dis!..

MARIE, *à part.* Il ne l'a pas lue!

LÉON. Quelle est donc la cause de cet
évanouissement?..

MARIE. Je ne sais... un malaise subit;
mais... ce n'est rien...

CATHERINE, *à part.* Ce n'est rien... ce
n'est rien... Savoir?..

LÉON, *indifféremment.* Peut-être le con-
tenu de cette lettre?..

MARIE. Cette lettre... oh!.. nullement...

CATHERINE, *à part.* Je gage que si, moi!..

LÉON, *tournant la lettre entre ses doigts.* Qui donc t'écrit, Marie?..

MARIE. Qui?.. madame de Ristel.

LÉON. Ah! cette lettre vient de Paris... elle n'est donc pas arrivée par la poste... elle n'est pas timbrée.

MARIE. Elle était sous enveloppe... Je ne sais ce que j'en ai fait... (*A part.*) Ah!.. quel supplice!

CATHERINE, *à part.* Il y a un mystère là dessous...

MARIE, *haut.* Donne, je vais lui répondre de suite...

(*Elle avance la main pour prendre la lettre.*)

LÉON. Ne puis-je savoir ce qu'elle t'écrit?..

MARIE, *tremblante.* Ah! Léon... est-ce là cette confiance dont tu parlais il n'y a qu'un instant!..

LÉON. Pardon!.. pardon!.. Marie, j'ai tort. De la défiance... de la jalousie! Moi qui ai tant à réparer!.. Cela serait mal... pardon!.. Tiens, la voilà...

(*Il lui rend la lettre.*)

CATHERINE, *à part.* Comment, sans la lire!

MARIE, *à Catherine qui était restée dans le fond.* Vous pouvez vous retirer.

CATHERINE, *à part, en sortant.* J'aurais pourtant bien voulu savoir quelque chose!..

SCENE XVIII.

LÉON, MARIE.

LÉON. Madame de Ristel t'annonce sans doute qu'elle viendra passer quelque temps ici?..

MARIE, *troublée.* Non... elle ne m'en dit rien.

LÉON, *se rapprochant de Marie.* T'invite-rait-elle à faire le voyage de Paris?

MARIE. Oui, précisément!

LÉON, *prenant la main de Marie, de l'autre elle tient la lettre.* Ah! mon dieu, mon amie, comme ta main tremble dans la mienne!..

MARIE. Mais non, je t'assure...

LÉON. Tiens... je rougis de ma faiblesse; tu vas en être étonnée... fâchée peut-être... et cependant je ne puis y résister... Cette lettre, Marie...

MARIE. Encore... Léon!..

LÉON. La curiosité seule... Marie, montre-moi cette lettre.

MARIE. Je suis étonnée de l'importance que tu y attaches...

LÉON. Et moi, je le suis encore d'avantage de l'opiniâtreté de ton refus.

MARIE. Les secrets de mon amie...

LÉON, *avec impatience.* Marie, cette lettre!..

MARIE. Léon!.. de grâce! tu ne dois pas la lire!..

LÉON, *la lui enlevant au moment où elle va pour la déchirer.* Je la lirai, vous dis-je!

MARIE. Ah! qu'as-tu fait, Léon!

LÉON, *après avoir parcouru la lettre.* Ce n'est pas possible... je me trompe!

(*Il lit de nouveau.*)

MARIE. Ah! Monsieur! Monsieur!

LÉON. Rentrez chez vous, Madame, et attendez mes ordres.

Air de Wallace.

MARIE.

Ensemble.
{
Monsieur, faites-moi grâce;
Ah! voyez ma douleur!
Du sort qui me menace,
J'entrevois la rigueur..

LÉON.

Non, pour vous point de grâce,
La rage est dans mon cœur;
Du sort qui vous menace,
Redoutez la rigueur.
}

MARIE.

Quel châtiment terrible,
Léon!

LÉON.

Entre nous deux
Plus d'union possible,
J'en briserai les nœuds.

REPRISE DE L'ENSEMBLE.

(*Marie rentre chez elle.*)

SCENE XIX.

LÉON, *puis* CATHERINE ET CHAPUIS.

LÉON. L'ai-je bien lu!.. ah! Chapuis!.. Chapuis!.. cette lettre infâme... elle n'est pas signée!.. mais qu'importe!.. celui qui l'a écrite n'échappera pas à ma vengeance! (*Il sonne, Catherine paraît. Léon va s'asseoir; il trace quelques mots sur le pa-*

pier, *puis en se relevant :*) Des chevaux.....
à la ferme de Vandray... et qu'on m'y at-
tende !.. Ne m'avez-vous pas entendu ?...
Des chevaux ! (*Catherine sort.*)

SCENE XX.

LÉON, CHAPUIS, *qui a entendu les der-*
nières paroles de Léon ; il est haletant ;
son mouchoir est noué autour de son poignet
et à moitié caché par le parement de sa
veste.

CHAPUIS. Pourquoi faire, des chevaux ?
LÉON, *lui montrant la lettre.* Vous m'avez
trompé, Chapuis !..
CHAPUIS, *à part.* Bon ! bloqué !..
LÉON. Je sais tout.
CHAPUIS, *de même.* Je le suis... il n'y a
pas à dire...
LÉON, *impérativement.* La clef de ce se-
crétaire ! (*Chapuis le regarde.*) La clef,
vous dis-je, ou je brise à l'instant la ser-
rure !
CHAPUIS. La voici ! (*Léon va ouvrir le se-*
crétaire, y prend la boîte de pistolets.) Vous
allez vous battre ?
LÉON. Jusqu'à la mort de l'un des deux.
CHAPUIS, *à part.* Je n'ose pas lui dire....
LÉON. Viens, suis-moi.
CHAPUIS, *l'arrêtant.* Un instant !..
LÉON. Mais tu ne comprends donc pas
qu'il y a un homme de trop au monde !..
qu'il faut son sang ou le mien.
CHAPUIS. Quelques minutes seulement !
Dites... ces chevaux que vous venez de
commander... pour qui ?
LÉON. Tu me le demandes !
CHAPUIS. Mais s'il était mort... lui...
c'est-à-dire... si vous l'aviez tué... vous
persisteriez donc à la fuir ?..
LÉON. L'honneur me l'ordonne.
CHAPUIS. Allons donc !.. vous ne me
ferez pas accroire que vous seriez dés-
honoré pour être clément et bon envers
celle qui n'a jamais aimé que vous... (*Léon*
fait un mouvement, Chapuis le retient.) Oui,
que vous !.. Mais les voilà bien, ces Mes-
sieurs... si une femme se permet par ha-
sard ou par accident ce qu'ils se per-
mettent eux tous les jours... Et plutôt...
tenez, laissez-moi tranquille; ça n'est pas
juste.

AIR : *Ah ! si madame me voyait !*

Si les femm's avaient fait les lois,
Sur ce point, croyez ben que l' Code,

Pour nous n' serait pas si commode ;
Quant à moi, je r' connais leurs droits,
L' délit d' vrait être égal, je crois.

LÉON.

Bien que fait à leur préjudice,
Va, cet article, à mon avis,
Nous fut dicté par la justice.

CHAPUIS.

Par la justice des maris !
C'est la justice des maris !

LÉON. Si je dois survivre à cette lutte...
Tiens, Chapuis, tu remettras ce papier...
à Marie... qu'elle le signe, et nous serons
séparés pour toujours.
CHAPUIS, *à part.* Je suis battu ! (*haut.*)
Un mot... un mot encore... J'ai tant de
choses à vous dire que je ne sais plus par
où commencer... Ah ! si je pouvais vous
exprimer tout ce que j'ai là qui m'étouf-
fe... (*Voyant Léon qui s'éloigne.*) Et d'a-
bord... vous avez oublié de le signer.....
vous...
LÉON. Donne !..

(*Il prend le papier des mains de Chapuis et*
va vers le guéridon pour signer. Chapuis
s'élance aussitôt dans la chambre de Marie,
et il entre en l'amenant de force. L'orches-
tre accompagne en sourdine.)

SCENE XXI ET DERNIÈRE.

LÉON, CHAPUIS, MARIE.

CHAPUIS. Venez, Madame, venez.
LÉON. Marie !..
CHAPUIS. Il s'agit donc de signer tous
les deux cette demande en séparation.
LÉON. En présence l'un de l'autre.
CHAPUIS. Vous serez libres de ne pas
vous regarder.

(*Chapuis est derrière le guéridon ; Léon à sa*
gauche, Marie à sa droite.)

MARIE. Ne plus le revoir, O ! dieu !
CHAPUIS. Vous avez chacun vos torts,
signez ensemble. (*Il leur présente une*
plume.) Allons ! (*Léon signe.*)
LÉON, *saisissant sa boîte de pistolets.* Maintenant à Vaudray !
MARIE. Grand Dieu !... Léon !

CHAPUIS, *arrêtant Léon.* C'est inutile... Restez.

LÉON. Que veux-tu dire ?

CHAPUIS. Que j'en viens... qu'il y avait assez de moi dans la confidence... et que voilà... (*Il montre son poignet.*)

MARIE. O !... ciel ! blessé !

LÉON. Et lui ?

CHAPUIS. Mort !...

MARIE, *avec joie.* Ah !... ah !... Léon ! (*Elle se jette dans ses bras.*)

CHAPUIS. Vous voyez bien qu'elle ne l'aimait pas !

MARIE, *tendant la main à Chapuis.* Mon ami !

LÉON. Mon frère !

CHAPUIS. J'crois, sans vanité, que vous pouvez dire votre bon ange !

FIN.

THÉATRE PARISIEN.

PIÈCES NOUVELLES ET AUTRES.

UNE HEURE dans l'autre Monde, folie-parade-vaud. par MM. Lubize et E. Ronteix.
LE GUEUX de mer ou la Belgique, drame 3 a. Cormon.
L'OUVRIÈRE, drame-vaudeville, 3 actes.
MA FEMME et sa Chambre, folie-vaud. par Edme Chauffer.
LE BON ANGE, ou chacun ses torts, drame-vaudeville en 1 a. par Boulé et Cormon.
L'AMOUR et les CHAMPIGNONS, dr. en 1 a. en vers, par M. Thibaut.
ALLEZ VOUS COUCHER, vaud. de MM. Gabriel et E. Vander-Burch.
LA FILLE DE ROBERT MACAIRE, mél. comique en 2 actes, de Maillan et Barthélemy.
CLAUDE BÉLISSAN, vaud. en un acte, de M. Théaulon.
NAISSANCE ET MARIAGE, vaud. en un acte, de E. Cormon.
LE FACTEUR, drame en 5 actes, de MM. Ch. Desnoyers et Potier.
OTHELLO, tragédie en 5 actes, de Ducis.
CHAMBRE A LOUER, vaudeville, de Varez.
LE MÉNAGE DU SAVETIER, vaudeville.
LA FEMME DE L'AVOUÉ, vaud. en un acte, de MM. Mélesville et Carmouche.
MALBOROUGH, parade-vaud. en 3 a., par M. Dumersan.
DISCRÉTION, comédie-vaud. en 1 a., par MM. Dumanoir et Camille.

TOME Ier DU THÉATRE PARISIEN, contenant 25 Pièces

PRIX : 6 fr. 50 c., et *franco* 8 fr. — (*Toutes ces Pièces se vendent séparément.*)

ADOLPHE et CLARA, v. en 1 a. de Marsollier.
CARAVAGE, drame en 3 a.
La COCARDE tricolore, v. en 3 a. de M. Coigniard.
Le CONSCRIT, v. de MM. Merle, Simonin et Ferdinand.
DIEU et DIABLE, v. de M. Nezelle.
La FAMILLE de l'Apothicaire, v. de MM. Duvert, Duverger et Varin.
La FEMME, le Mari et l'Amant, v. en 4 a. de MM. Paul de Kock et Dupeuty.
Le FILS adoptif, v. de M. Brazier.
La FRANCE pittoresque, v. de MM. Théaulon et Desmares.
L'IDÉE du Mari, v. de MM. Adolphe Dennery et Cormon.
JOCRISSE Maître et JOCRISSE Valet, 1 a. (*Cette Pièce manquait depuis 10 ans.*)
JUDITH et Holopherne, v. en 2 a. de MM. Théaulon et Nozel.
Mme BAZILLE, v. de MM. Lurine et Sollard.
La MARCHÉSA, d. en 3 a. de MM. Adolphe Dennery et Alfred.
Le MARI, la Femme et le Voleur, v. en 1 a. de MM. Lewen et Lafitte.
Le MUSICIEN de Valence, v. de MM. Simonnin et Gustave.
La SALAMANDRE, v. hist. en 4 a. de MM. de Livry, Desforges et Leuwen.
Sans TAMBOUR ni Trompette, v. de MM. Brazier, Merle et Carmouche.
Tout CHEMIN mène à Rome, v. de MM. Charles Desnoyers et Lafitte.
Le TREMBLEMENT de terre de Lisbonne, tr. en 5 a. de Maître André.
Trois ANS après, drame en 4 a.
Un ANTÉCÉDENT, v. de M. Arago.
Un NOVICIAT diplomatique, vaud.
Une FILLE à établir, v. en 2 a. de M. Bayard.
Les VICTIMES cloîtrées, d. en 3 a. de Monvel.

www.ingramcontent.com/pod-product-compliance
Lightning Source LLC
Chambersburg PA
CBHW061531170626
46811CB00004B/1925